李庆双　汤子珺◎主编

我和我的母校
——三行情书集

红墙绿瓦彰显你的风骨，
绿树浓荫掩映你的心肠，
而我，深深地投入你的怀抱。

中山大学出版社

·广州·

版权所有 翻印必究

图书出版编目(CIP)数据

我和我的母校:三行情书集/李庆双,汤子珺主编.—广州:中山大学出版社,2020.9
ISBN 978-7-306-06943-6

Ⅰ.①我… Ⅱ.①李… ②汤… Ⅲ.①诗集-中国-当代 Ⅳ.①I227

中国版本图书馆CIP数据核字(2020)第160619号

出 版 人:	王天琪
策划编辑:	赵　婷
责任编辑:	赵　婷
封面设计:	林绵华
装帧设计:	林绵华
封面绘画:	黎俊瑛
责任校对:	梁嘉璐
责任技编:	何雅涛
出版发行:	中山大学出版社
电　　话:	编辑部 020-84110779,84111996,84113349,84111997
	发行部 020-84111998,84111981,84111160
地　　址:	广州市新港西路135号
邮　　编:	510275　传　真:020-84036565
网　　址:	http://www.zsup.com.cn E-mail:zdcbs@mail.sysu.edu.cn
印 刷 者:	广州一龙印刷有限公司
规　　格:	787mm×1092mm　1/32　3.5印张　60千字
版次印次:	2020年9月第1版　2020年9月第1次印刷
定　　价:	20.00元

如发现本书因印装质量影响阅读,请与出版社发行部联系调换。

目 录

前言 / 1

  吾国吾校吾爱/李庆双 / 1

中山大学师生作品选 / 7

  总把校园当家园 / 8
  国是千万家 / 31

资讯管理学院师生作品选 / 43

西藏、云南中学师生及群众作品选 / 55

  西藏师生作品选 / 56
  云南澄江师生、群众作品选 / 62
  中山大学第二十届研究生支教团作品选 / 69

李庆双个人作品选 / 75

 附录 / 91

冬已逝,春将至
——抗"疫"三行情书组诗六首 / 李佳怡 / 92

 后记 / 99

飞扬青春梦想,诗写家国情怀/汤子珺 / 99

前言｜吾国吾校吾爱

以文化人和以美育人已成为国家级的教育理念，三行情书作为一种特殊的诗体和文化形式，深受青年人欢迎。三行情书活动在中山大学已开展多年，成为校级文化品牌，先后出版了《爱的诉说——三行情书集》《中国梦 中大情——三行情书集》。之前，我在传播与设计学院工作时，曾经将三行情书活动推广到学院支教学生的支教所在地——云南澄江中学，起到了很好的育人和宣传效果，可惜后来未能持续进行。来到资讯管理学院后，我不负学校领导所托，进一步深化三行情书品牌活动，除在中山大学开展三行情书活动外，还将该活动拓展到中山大学研究生支教团在西藏和云南支教的三所中学：西藏林芝市第一中学、西藏昌都市第一高级中学和云南澄江市第六中学。三行情书活动已成为中山大学研究生支教团所在中学的一道靓丽文化风景，深受当地师生欢迎。这得益于中山大学团委、中山大学研究生支教团，以及支教所在地中学领导和师生的大力支持。我有幸随中山大学慰问支教学生团去云南澄江市第六中学看望支教学生汤子珺,并参加了澄江市第六中学三行诗挂树牌仪式。这些树牌中,既有中学生的诗作,也有中山大学资讯管理学院寄来的大学生三行诗树牌。中学生和大学生的诗牌,同时悬挂在中学校园的树上,这在全国校园里算是

林俊洪◎摄

前　言

独一无二的景观吧，也是"树人"的最直接体现。需要说明的是，为避免误解，在当地中学开展诗歌征集活动时，用的是"三行诗"的名义而非"三行情书"。我更喜欢"三行情书"这种表达，因为"情书"是广义的，可以表达各种情感，而非局限于男女恋人之间。

　　三行诗活动能在中山大学研究生支教团所在地中学顺利推广，要特别感谢曾在云南澄江市第六中学支教的汤子珺同学，还有目前仍在西藏林芝中学支教的张玉子、唐芮同学。汤子珺、张玉子、唐芮同学在我的指导下，悉心筹划和协调三行诗活动在云南和西藏三所中学的开展，汤子珺还直接负责本书的编写工作，并撰写了后记，可当之无愧地成为主编。今年有些遗憾的是，受疫情影响，未能直接赴西藏林芝看望支教的张玉子、唐芮同学，只能在线上进行慰问。今年新征集的云南和西藏三所中学的三行诗也未能收录在本书中，希望今后有机会结集出版。张玉子同学感叹道："希望林芝校园里的蒲公英，生生不息地开。"我也借这句话，希望三行诗活动能在中山大学研究生支教团所在地中学生生不息地开展下去。

曹志政◎摄

相比以往两本诗集,本诗集的新特色,一是增加了抗疫诗,除徐红老师和我写的几首外,特意将资讯管理学院李佳怡同学写的一组抗疫诗附在书中,以纪念这一特殊历史事件。二是将资讯管理学院师生写的三行情书单独列为一章。我也写了首悼亡诗并配上母亲的生前照,以纪念我去世的母亲。

非常感谢瞿俊雄、肖晓梅老师和其他摄影爱好者提供的精美照片。特别要感谢甘肃经济日报编委、主任记者曹志政先生的大力支持,他拍的照片多是祖国的壮美山川和风景,《爱的诉说——三行情书集》中就选用了他不少作品。我也非常喜欢瞿俊雄老师的摄影作品,几乎我主编的每本书中都少不了他的佳作。感谢著名诗人冯娜、中山大学宣传部郝俊老师、岭南师范学院洪艳老师、我的大学同学刘燕南老师所写的三行情书佳作。杨茗老师不仅写了几首三行情书,还用自己的插花作品为诗配了图,在此表示感谢。还要感谢我的外甥女王雨荷,她手绘的几幅画作,为本书增添别样色彩。

非常感谢中山大学团委王猛书记、刘斌副书记和何金鹏老师对三行诗活动在云南和西藏支教中学的开展给予的大力支持。何金鹏老师希望"争取把西部孩子们的三行诗出版,并把出版的书放到几所支教学校的图书馆。这样若干年后,孩子们回母校也继续能看"。我也希望能出版一本支教中学学生所写的三行诗专集。校团委已将中山大学的一些校园文化书籍(包括我主编的几本书和之前出版的两本三行情书集)赠送给云南和西藏的几所支教中学,这是一种文化的传承,值得点赞。感谢所有研究生支教团成员、中大学子、支教中学师生与当地群众积极参与三行诗活动,感谢资讯管理学院张宇星、甘小珍老师对三行诗活动的具体指导和支持。当然,还要特别感谢的是中山大学出版社的责任编辑赵婷和美术编辑林绵华老师对编辑工作的辛勤付出,使这本书图文并茂、锦上添花。书中错漏和不当之处,恳请指出和谅解,以利今后修正。

李庆双

2020 年 6 月 26 日

中山大学师生作品选

Zhongshan Daxue Shisheng Zuopinxuan

总把校园当家园

一个读诗的人，
误会着写作者的心意，
他们在各自的黑暗中，摸索着世界的开关。
——冯娜·诗歌献给谁人

谁跳起弗拉明戈，
谁就拥有世上所有不祥的欢乐，
谁往前一步，谁就在不朽的命运中隐去自己的名姓。
——冯娜·弗拉明戈

佚名◎摄

我喜欢那些无来由的譬喻,
像是我们离开时,
忘掉了一点什么。
——冯娜·夜晚散步

长久的沉思凝成笔尖上一滴欲坠的浓墨;
落纸的缠绵,像一场不断渲染的情事;
起笔是最初回归大地的春雨。
——郝俊

曹志政◎摄

简约生活,真好;
旧衣服,换一种心情,就是新装;
破了补补,缝上一朵花,穿出花的芬芳。
——徐红·一朵花:记 2020 年春天宅家的日子

北风带走的,只是两旁低声的絮语;
主干还在,曾经的花香还在;
像一个畏寒的秘密,只在心尖上取暖。
——郝俊·冬天的花径

曹志政◎摄

11

中山大学师生作品选

骑自行车的女生,每次骑车从我身边经过;
我都没有看清她的脸,如果春天有一次回眸;
我担心我会像受惊的小草,一会儿侧身,一会儿低头。
——郝俊·骑自行车的女生

深邃的夜空挂着遥远的星星,
有一颗亮在我心里,
我把它当成指路的明灯。
——杨旻

杨旻◎摄

12

我和我的母校：三行情书集

杨旻◎摄

有一种熨帖；
它安静温暖，又祥和默契；
超越时空。
——杨旻

我把思念化作插花，
我把温暖揉进弹奏的琴声，
送给远方的他（她）。
——杨旻

冰雪凝结了荒原，
万水千山的尽头，
你是暖流。
——洪艳

枕着青草闻花香，
默数天上洁白的云，
我想你的心底也种了一朵。
——洪艳

曹志政◎摄

默默地在心里,
念你的名字,
却被枫叶听了去。
——洪艳

谁偷走了你的热情,
六角的雪花精灵飘然而至,
我才知道你藏起的爱有多纯美。
——洪艳

李昱莹◎摄

15

中山大学师生作品选

曹志政◎摄

懂得微笑的意义，
不为违心的奉承，
只为一朵花洋溢了春天。
——洪艳

青春的回放；
一半是火焰，一半是月色；
在目光里碰撞。
——刘燕南

16

我和我的母校：三行情书集

冯天朗◎摄

她是记忆中的娇娘，
在这一夜，
美出了昨天的模样。
——刘燕南

你用昨夜的眼神，
唤醒一个年轻的梦想，
在月光下徜徉。
——刘燕南

17

中山大学师生作品选

蔡华妹◎摄

离家,求学,吾今又作岭南别;
白云,碧天,身处山高水长别;
铃响,荷香,此心安处是吾乡。
——宁玉婷

我曾踏月而来,
未曾随风而去,
只因三山一海间是你。
——杨捷

我和我的母校：三行情书集

熹微晨光轻摇康乐园的梦，
温软和风穿过红砖绿瓦，
跳动的心在此安放。
———邓艺涛

红墙绿瓦彰显你的风骨，
绿树浓荫掩映你的心肠，
而我，深深地投入你的怀抱。
———张钗

佚名◎摄

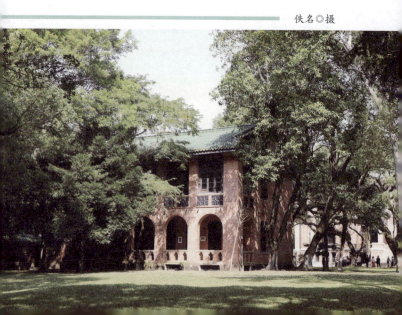

19

中山大学师生作品选

吴慧焱◎摄

我曾见过最美的风景；
北门牌坊，南楼荫堂，知识载舟，璞玉满堂；
此景何在？吾校中大。
——尹佳名

淡烟轻雨，葳蕤古木，酿成一杯时光的酒；
蓝天白云，红墙绿瓦，吟作一首回忆的诗；
蓦然回首，便是中山情怀。
——徐华健

闻鸡起舞,宵鼓三更,我走近你;
逸仙拂绿,怀士肃立,我邂逅你;
化风作雨,夏始冬迄,我拥抱你。
——翟天妤

辉煌中大,熠熠生光;
百年名校,源远流长;
莘莘学子,必当自强。
——张美玥

蔡华妹◎摄

韦栩滢◎摄

昨思,昨恋;今见,今喜;
珠江晨起百行波,中山夜放花千树;
仲夏之梦,现已起航。
　　——吴凌寒

珠江之沚,中山精神源远流长;
南海之滨,莘莘学子博学审问;
桃李不言,中山情已深埋心中。
　　——丁雨奇

左皓晟◎摄

汩水的波粼,扰动岁月的隐;
荔枝在静听榕树的蝉鸣;
悸动的是一颗壮志的心。
——尚尔豪

从蔚蓝海滨走到缤纷珠江,
从阳关沙滩走到你的身旁,
中大——我金秋仲夏最美的意外。
——冯几云

过往,对你思之如萦;
如今,在夏与你相遇;
从此,相逢不负初心。
——覃英

江南十里缱绻的烟雨,
漠北万顷冰封的雪域,
不如小憩在你的红墙绿瓦里,看珠江奔涌东流去。
——杜依暄

肖晓梅◎制

红砖绿瓦堪缱绻,
一草一木惹流连,
你的容颜明媚了你的诗篇。
——方曾琳

夏目转身掉进您的深情,
我的进驻带给您半帧剪影,
您的接纳留予我一生放映。
——吴淑婷

肖晓梅◎摄

25

中山大学师生作品选

一缕学术的清风,
半面博采的侧影,
你默然中甜蜜了我的心。
——刘南

钟楼依偎着红墙绿瓦;
铜像,牌坊,先生的凝望;
如见你昨日百年流光。
——丘沐梓

李智◎摄

我看紫荆满怀的进士牌坊；
我念慎思明辨的君子之训；
最后我变成榕树，生了根，甘做你的一角。
——赵怡静

兀兀百花林，
乍见一枝春欲放，
莞尔中大园。
——卿婷

肖晓梅◎摄

中山大学师生作品选

武佳文◎摄

多少日子里,
我为着现时的种种美好,
感谢曾经为遇见你而努力的自己。
——蚁谨乔

你是激滟水光,荡起我心中的涟漪;
你是空蒙山色,模糊我眼前的虹霓;
我的中大啊!你美在不朽史册上,更在我心里。
——郭金文

张露◎摄

隐湖边的落英是你温柔细腻的喃语，
谷河畔的钟楼是你壮阔伟岸的身影，
异地的风光牵动着两地学子相同的情愫——来了，便是中大人。
——郭靖楠

您用康乐园的红砖绿瓦，堆砌书山嵯峨路茫茫；
我便苦读四年，以勤为径；
只愿和先生您望向同一远方。
——林宝华、宁汉卿

我想用最朴实的语言诉说这山高水长,
但你深厚的底蕴、高雅的气质,
容不得我轻描淡写。
——杨天翼

最是那一回眸,
历史红尘是惺亭的一往情深,
年轻身影是学子的痴痴不改。
——汤梦茹

邓皓岚◎摄

肖晓梅◎摄

红红的果实要成熟在绿叶中,
那中国红的华夏梦,
怎么离得开中大绿的蕴养?
——武杰伟·红绿的秘密

落叶知秋,雨后渐冬;
但是和你在一起时;
眼里只有春暖和花开。
——吕安妮·致吾爱

中山大学师生作品选

国是千万家

这个冬天特别寒,春天也来得晚;
别担心,有我们与你作伴;
直到樱花灿烂。
——徐红·逆行者一

谁用信念在坚持,谁为理想不顾生和死;
如果这片土地有磨难;
岂因祸福避趋之。
——徐红·逆行者二

曹志政◎摄

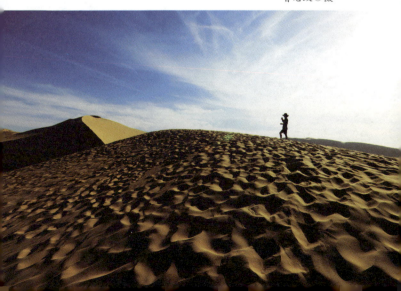

我和我的母校：三行情书集

吴慧焱◎摄

苍穹之下飘扬的红，
民族之林坚挺的脊，
盛世如期，皆因是你，祖国母亲。
——王艳琦

峥嵘岁月，初心尚在；
绿瓦红楼，吾志勿忘：
中国梦，华夏光。
——王艳琦

冬天来了,
我却感觉不到寒冷,
因为我的心上有你的暖阳。
——林丽·冬日的温暖:党和母校

脑海里宇宙闪烁,车轮下看得见大地;
爱人,爱自己;
家国才是最后的皈依。
——陈小灵

曹志政◎摄

吴慧焱◎摄

忆往昔峥嵘岁月,
红色光辉照亮了过去,
不忘初心奋力前行。
——冯昊元

红,是昔日炮火纷飞下英雄烈士的血汗;
红,是今朝旭日东升下冉冉飘荡的旗帜;
红,是十四亿中国人凝心聚力汇成的中国红!
——陈佩珊

长夜既破,
我仍见那炬火,
照亮今日之中国。
——熊贵辉

登高远眺,黄河激荡系九州;
血液滚烫,豪情满腔饮黄酒;
永远前进,向着东方的黎明。
——王慧佳

曹志政◎摄

佚名◎摄

红,是滚烫的热血;
红,是黎明的朝霞;
红,是华夏梦的色彩。
——王慧佳

天安门的城墙是红色的,
康乐园的房砖是红色的,
我的一颗炽热的心,也是红色的。
——资雅雯

苦难里选择微笑，
战火中选择前行，
是因为依偎在您怀里，我才敢相信奇迹。
——徐宗琴·依偎：写给祖国母亲

你好，我青春之中大；
你好，我一生之中国；
用我们的身躯一起撑起这个伟大时代。
——江仲毅

曹志政◎摄

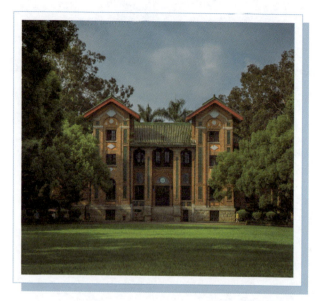

吴慧焱◎摄

追逐新时代中国特色社会主义中国梦，
中大人明辨笃行为国栋梁，
一直在路上。
——寇冬冬

红砖墙外，"一带一路"展蓝图；
康乐园里，青衣白马筑梦国；
家国情怀，如醇酒似清风，涤荡我心。
——连财灿

携手，相伴已有六个年头，与有荣焉；
共见，从十八大到十九大，国力渐强；
只言，爱你中大如初。
——黄悦

镰刀与锄头再一次开启新篇章，
我有幸参与和见证，
于我国，于我党，于我校。
——王珩权

韦栩滢◎摄

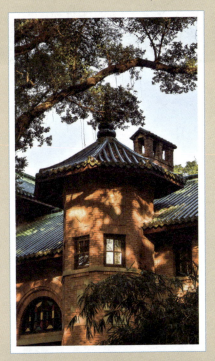

我和我的母校：三行情书集

曹志政◎摄

不忘初心，牢记使命；
心系百姓美好生活；
爱你，我的党，我的祖国。
——方嘉纯

相遇，
红色燃烧激情，
一生不悔。
——赛亚热·库来西

泱泱华夏,乃吾家国,旌旗露满历沧桑;
巍巍中山,乃吾母校,梦回康园遗余芳;
莘莘学子,乃吾友朋,德才兼备意气扬。
——邢灿盛

抬眼望你耀眼面容,
我是在你飘扬之下,
最虔诚的那一抹红。
——罗娴晖·致国旗

吴慧焱◎摄

资讯管理学院师生作品选
Zixun Guanli Xueyuan Shisheng Zuopinxuan

梦里十九大化作一场浩荡的春风,
唤醒中华儿女血脉中的红色基因,
为国家拥有的荣誉而歌唱。
——周玉婷

复兴号跑出了中国速度,
太湖之光闪耀世界超算舞台,
"一带一路"正展现我中华五千年辉煌。
——翁灏纯

曹志政◎摄

吾辈爱校,手执青春之笔,以笔书华章;
吾辈爱党,肩担共产主义,以礼待四方;
吾辈爱国,胸怀华夏道义,以行光家邦。
　　——王钟弘

人离别,月仍圆;
纵千里,共婵娟;
美好心愿,彼此达心间。
　　——王灿

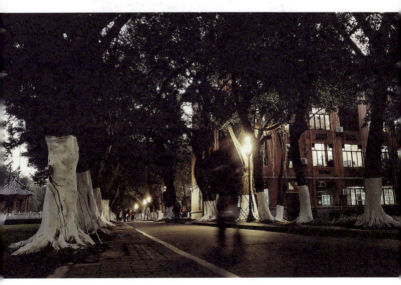

胡佳妮◎摄

曹志政◎摄

江南清风，女儿红飘香；
水乡弄堂，莲花落传响；
岭南圆月，灯下孤影僵。
——邵苏晨

一颗诚心，
两袖清风，
种得桃李芬芳。
——丁梦思

曹志政◎摄

又念起那最爱的人,
心如旧石阶上的青苔,
柔软而坚韧。
——邹学堂

剪水行舟,
秉烛崖前,
坐看云月起山涧。
——李海涛

佚名◎摄

历九逢十,寒暑经年;
雁序自逐桃李去;
迢寄云书谢师恩。
——李诗慧

这里,夏的余热未凉;
故乡,秋的薄衫微凉;
两地,同月难同亮。
——李佳怡

捻一束清婉的月光，
夹寄在风中，
直到归乡。
——龙秋爽

我们瞧见的是同一轮月么？
东北与岭南；
你看的是月，我望的是你。
——王钟弘

冯天朗◎摄

离家远了才懂思念的味道，
咸咸地盛开在眼角，
在月光下轻轻地漂。
——杨雨帆

想用笔描绘出你此时模样，
留待来日，美好芬芳，
回忆只属于你和我的倾城时光。
——杨乃一

曹志政◎摄

51

资讯管理学院师生作品选

邓皓岚◎摄

我的花篮空了,
不是小偷掠走的,
红棉九十三枝贺中大华诞。
——甄慧琳

你是独木桥另一侧的曙光,
你是我十八年来的渴望,
虽不是天堂,但你是方向。
——李鑫·你不是天堂:致中大

肖晓梅◎制

树头暗自生红叶，
秋意先，情已陷，
暗将心置校逸仙。
——韦芷晴

月饮杜康赏孤芳，忆昔往，意惆怅；
梦回康园少儿郎，落红香，度寒窗；
韶华易逝莫相忘，送君行，春水长。
——王思纯

一些蛰居的旧时光，化作两三行不成句的断章；
陪公醉笑三万场，不用诉离殇；
来日方长，幸毋相忘。
——王思纯

我爱你满身的红砖绿瓦，绿是家园，红是梦想；
我爱你庄严的神圣美感，庄重独立，严守希望；
百年长河里，不老的传承，永恒的守望。
——韦芷晴

佚名◎摄

我和我的母校：三行情书集

弓亦弘◎摄

The delicate color of the cherry blossom reminds us of life,
Ephemeral beauty that lasts but a moment,
No longer than life wasted without meaning.
——龙乐思（Miguel）

西藏、云南中学师生及群众作品选

Xizang Yunnan Zhongxue Shisheng Ji Qunzhong Zuopinxuan

西藏师生作品选

祖国,
我对你的情,
写满了左肩下的心房。
——强巴永珍

生之为国人,
若非天地相合、日月无光,
死生誓守我轩辕国魂。
——许梦雨

何嘉锐◎摄

57

西藏、云南中学师生及群众作品选

李胤翀◎摄

我愿意 将身体和灵魂，
一同 埋在这土地，
终将绿遍原野。
——次旺罗拉·爱国者

春天在百年前的黑夜诞生，
黎明，
绽放出千万个花朵。
——土邓平措·五四青年节

李胤珅◎摄

扬帆大道两旁的桃树,
丈量着我每天走过的路,
是我始终走不出的桃李芬芳。
——李国瑞

我是莲花,
您是池塘,
我是您骄傲地捧出的辉煌。
——佚名·校

我见过最强烈的骄阳,
仰望过灿烂的繁星,
都不及你追梦前行的身影。
——拥珠拉珍

59

西藏、云南中学师生及群众作品选

李胤翀◎摄

把秘密讲给门前的小桃树,
等它长大,
开出满树青春。
——达瓦曲珍

热巴① 是男儿的冲动啊!
山歌是姑娘的呼唤啊!
锅庄是生活的信念啊!
——旺扎旦增

---

① 热巴是一种藏族舞蹈的名称。

郑鸿祥◎摄

那一年,和你看过一场露天的电影;
这一年,你走了;
我再也没看过那场一样……
——佚名·致阿爸

小时候,您常说"你出生得真幸运";
那会儿我不理解,如今我懂了;
想和您一起感受这份幸运,怎奈已是两界之隔。
——加珠平措·寄奶奶

齐均均◎摄

花落无言，
宛若你发间的银丝，
如为我助梦的哈达。
——索朗泽宗·母亲

屏幕暗时，你好不容易看见了自己；
屏幕一亮，你轻易地就看见了整个世界；
但从此看不见你自己了。
——梁丹雅·手机

云南澄江师生、群众作品选

祖国啊，梦里的故乡；
是曲折蜿蜒的大河大江；
是五星红旗闪烁的星光。
——马娅涵

春秋书言英雄事，
唐宋章绘百世中华魂，
望君频顾可见山河无限好。
——马仲立

何嘉锐◎摄

西藏、云南中学师生及群众作品选

郑鸿祥◎摄

对祖国的念想,
除去故乡,
便是那一抹红色飘扬的上方。
——何蓉

朝霞如约而至,
把时间涂满,
奋斗的颜色。
——张龄月

今天再忙也要做个面膜,
几个月的山火已经扑灭,
今晚他要回家了。
——吴渔飞·军嫂

遥远的灯光是梦想,
灯下的大路是青春,
走过了这盏灯,逝去了青春,靠近了梦想。
——崔子涵

郑鸿祥◎摄

西藏、云南中学师生及群众作品选

郑鸿祥◎摄

入骨的相思，
托给明月，
寄往故乡。
——王德瑞

少时渴成长，老时奢还童；
在追求月亮时，
也珍惜脚下的六便士。
——师乐

时间的伤疤,
撕去一页,
你就少掉了 24 小时的重量。
——张锦屏

重走西关澄江,
再续中山情肠,
一轮明月照国昌。
——曾云峰

罗哲◎摄

67

西藏、云南中学师生及群众作品选

中大从珠江沿溯而上，
来到了珠江的源头——澄江，
从此，水相连，情永存！
——刘小宏

流亡岁月，我的家是你的家；
离开后，家书传递；
续写锦绣故里。
——廖艳兰

罗哲◎摄

澄澈仙湖为水魂,
非遗化石为山魄,
魂魄相依,山水人文。
——杨菲

远如黛,近含烟,
遇琉璃万顷之色,
立澄澈明净之心。
——阮玉鑫

张泳华◎摄

中山大学第二十届研究生支教团作品选

一瞬秋冬，
一晃春夏，
一年疯狂，一生珍藏。
——潘青

钢筋水泥在左，
山高水长在右，
我们一起走这条路。
——李胤翀·给学生们

何嘉锐◎摄

李胤翀◎摄

青山，碧水，蓝天；
对您的爱溢于心口，溢出诗外；
就像雪顶、浪花、浮云。
——张天元

读采薇，读采薇，日归也约归；
看雨雪，窗外霏，淡酒将人醉；
待杨柳，着地垂，游儿定南归。
——黄品怡

71

西藏、云南中学师生及群众作品选

东君一犁,桃林两枕;
三秋霖泽,千山风恋;
堆烟几许,四百八十。
——何嘉锐

三月,雨雪纷飞;
四月,桃花遍野;
这样的你人间哪得几回闻。
——向青青·林芝

郑鸿祥◎摄

郑鸿祥◎摄

我由北向南，
用寒冷换暖风，
把冬变春。
——谢杭

千夫所指，且自横眉冷对；
三寸短毫，挥作万里长剑；
我心向阳，划破黑夜终见破晓。
——罗瑞

73

西藏、云南中学师生及群众作品选

佚名◎摄

这里需要我,
我便属于这里,
自此,澄江亦是我的故乡。
——汤子珺

当你们奔向我的时候,
我感觉,
空气好像都变得温柔了。
——肖洁

走了，还是来时模样，
一片真心如南迦巴瓦，
不变情谊像雅鲁藏布。
——郑鸿祥

一年四季十二月，
全都盛满了，
抚仙湖的碧水蓝天和阳光。
——罗哲

李胤翀◎摄

李庆双个人作品选

Li Qingshuang Geren Zuopinxuan

国有殇,
山河悲壮,
愿日月同光、你我无恙。

母亲永久地穿上了夜衣,
不再声响,
我不见了白昼之光。

李晓玲◎摄

瞿俊雄◎摄

路上有远方,
远方有月亮,
月亮里有故乡。

猫头鹰沉思的黄昏,
梦里行走着人们,
花开了黎明。

瞿俊雄◎摄

春风来迟,
依然花开满枝,
一枝一相思。

花为谁红?
心为谁动?
多少花事红尘中。

奔跑在路上，
带着自由的风，
和不羁的灵魂。

不要许我幸福，
只要不给我束缚，
不要许我自由，只要不给我桎梏。

王雨荷◎绘制

瞿俊雄◎摄

在时空里流转,
相望于空间,
相守于时间。

云淡风轻,
记忆里,是你的波光柔情,
流转了岁月的风景。

81

李庆双个人作品选

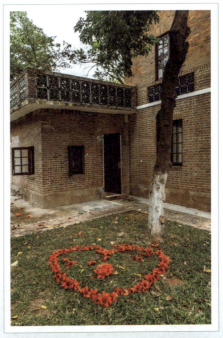

瞿俊雄◎摄

心有所爱,
身无滞碍,
爱无所不在。

不为谁开,不为谁败;
心若有爱,清风徐来;
有情天地,我自等待。

陌上花芳菲，
燕子呢喃款款飞，
等你缓缓归。

不懂风月，
不解风情，
只懂卿。

瞿俊雄◎摄

瞿俊雄◎摄

不是你的错,
不是我的过,
我们总是彼此错过。

你在南极,我在北极,
穿不透的距离,
我们遥不可及。

世界非吾所愿,
只愿与你为伴,
共渡彼岸。

在你婉转的秋波里,
我看见了夏的风情,
还有春意。

李庆双◎摄

王雨荷◎绘

蜂采着甜蜜,
你错过了花季,
我误了归期。

错过你最好芳华,
芳心已去,
空留芳踪。

佚名◎摄

不见笑靥如花，
只见新绿透窗纱，
人在天涯。

不是因为风，你才有了风情，
而是因为你，
自然才多了风景。

李庆双个人作品选

王雨荷◎绘

我在天桥上,
俯看红尘,
恋人间。

与君同游,
春风几度?
唤来倩影花千树。

我和我的母校：三行情书集

王雨荷◎绘

昨夜，我看见一片璀璨的群星；
今晚，我望见一轮皎洁的圆月；
此时，我凝眸光芒四射的你。

过去的还给过去，
现在的把握现在，
未来的交给未来。

花满枝头,
与你相逢,
如春风。

风,诉说着莲的心事;
回眸,如月一般轻柔;
垂首,如花一样娇羞。

林俊洪◎摄

佚名◎摄

暖阳里,
与你叠成光影,
我们自成风景。

你对我抛了个秋波,
我没接住,
它遗落在春光里。

附 录
Fulu

冬已逝,春将至

——抗"疫"三行情书组诗六首

李佳怡

你剪去乌黑长发,
你开出颊边伤花,
你身着白褂,送去满城春芽。
——致女"战"士

创作背景:灵感源于一则女性医护人员为方便穿防护服、降低感染风险而剃光头的新闻,以及多则"95后"女护士脸颊被防护用品磨出水泡、压出伤痕的新闻,借此表达对冲在一线的女性医护人员无限的敬意与衷心的祝福,感谢她们的付出与勇敢,也祝愿她们平安归来。

曹志政◎摄

附 录

曹志政◎摄

你说不害怕，
你说不辛苦，
我只愿你 平安归来。
——祝福

创作背景：灵感源于对疫情"吹哨人"李文亮等人的新闻报道，以及对无数医护人员的采访。怕苦吗？怕危险吗？我相信他们也是怕的。但是，疫情如战场，他们仍然突破重重风险，扛起层层重压，担负起自己的使命与责任，冲锋陷阵，与病毒作斗争。对于这些伟大的平凡人，我只愿他们能够健康平安，与春天一同迈过疫情，如期归来。

林真如◎摄

白衣与迷彩,
携黎明走来,
托起星光璀璨。
——天使已至

创作背景:灵感源于除夕夜解放军紧急出征,以及多地派出顶尖医疗团队奔赴武汉、湖北支援,同心抗"疫"的新闻。医护人员与军人是这场战役中最美的逆行团队,他们的"逆行",带去的不止是医疗资源与物质保障,还有生与胜的希望;他们深夜出发,为的是撕开黑夜的幕布,将璀璨的星光与黎明带向人间。

附　录

曹志政◎摄

"武汉本来就是一个很英雄的城市",
"任何困难都难不倒英雄的中国人民",
"英雄的人民创造英雄的历史"。
——英雄

创作背景：第一句源于钟南山院士在武汉封城后的采访，第二句源于胡锦涛同志在汶川大地震现场的发言，第三句源于习近平总书记在纪念红军长征胜利80周年大会上的讲话。将这三句讲话组合成一首诗，是想表达我们的中国和我们的人民是非常强大而英雄的，我们曾面临许多艰难险阻，但我们每次都可以克服它们、战胜它们，这次也不会例外。

裴欣怡◎摄

后来啊,
热干面配上蛋酒酿,
樱花林下伊人成双。
——希望

创作背景:热干面配蛋酒是武汉的一种传统"过早"方法,樱花也是武汉代表性的花木之一。借这些意象来组成一首诗,是想表达对于武汉人民、湖北人民以及中国人民尽快回归最平常的幸福生活的美好愿景,寄托了对于战胜疫情、重新恢复生活秩序的希望。

春意暖，
艳阳天，
岁岁都平安。
——平安

创作背景：灵感源于疫情期间我国青年女歌手李宇春创作的抗疫公益歌曲《岁岁平安》，歌曲描述了温馨日常的武汉与温暖平常的人间画面，寄托了"愿亲人，都平安，春暖艳阳天"的美好愿景。我想，在当下环境中，"岁岁平安"就是最朴素但也最真挚的祝愿。凛冬俨然退势，盎然的春意与明媚的阳光终将重新降临人间，愿我们的亲人、我们的人民、我们的祖国，生生岁岁，平平安安。

曹志政◎摄

【小记】

这六首诗各自成篇,都有独立的立意与创作角度,但也可以将其作为整体,连贯阅读。无论是一开始坚守一线的武汉医护人员,还是源源不断奔赴前线、加入战斗的各地医护人员与解放军,在这场战役中,他们都付出了很多,牺牲了很多。更多的还有——基层工作者、志愿者、快递员、外卖员、生产一线的工人,以及每一位响应国家号召,自觉在家隔离、"闷"了一整个春节假期甚至更久的、普通的中国人,我们都是这场战"疫"中伟大的战斗英雄,我们同根同源、万众一心,共同抗"疫"。

2020年的春天注定会来得晚一些,但它仍会冲破冬雪与冰封的阻碍,最终降临人间、润泽万物。我们也必须承认,有的人已经永远地被留在了那个寒冷而压抑的冬天,但我们不该忘记,我们要带着他们的信念与期待,带着他们的梦想与希冀,好好地看一看这个来之不易的春天。

后记 ｜ 飞扬青春梦想，诗写家国情怀

汤子珺

为纪念五四运动一百周年，缅怀"五四"先驱崇高的爱国情怀和革命精神，培养担当民族复兴大任的新时代青年，中山大学资讯管理学院党委和中山大学校团委联合发起以"飞扬青春梦想，抒发家国情怀"为主题的三行诗系列活动。

中山大学第二十届研究生支教团支教服务地中学西藏昌都市第一高级中学、林芝市第一中学，以及云南澄江县第五中学（现更名为澄江市第五中学）、澄江县第六中学（现更名为澄江市第六中学）积极配合，在各中学团委、研究生支教团的组织下

陈乐华◎设计

开展三行诗征集评选活动。其中,在云南澄江,不仅第五中学和第六中学的师生参与活动,在澄江团县委的大力倡导下,面向全县群众的三行诗征集活动也顺利举办。

三行诗历史久远,见诸许多诗人笔下,如但丁的名著《神曲》中便有非常多的三行韵律的诗歌。三行诗言短而情长,在短短三行间,情感静静流淌,或是对祖国的热爱,或是对青春梦想的歌唱,或是对家人的思念……活动一经展开,立刻在支教服务地的师生、群众中引起热烈反响。活动期间,研究生支教团林芝分队共收到来稿237份,昌都分队共收到来稿180份,澄江分队共收到来稿499份。

一、为青年学生抒发情感、施展才华提供舞台

研究生支教团在支教过程中,发现西部大多数学生性格都比较内敛,不善于表达自己的情感。因此,研究生支教团在中山大学的指导下,在支教服务地中学开展三行诗征集活动,给予祖国边远地区性格内敛的中学生一个表达自我、抒发情感的机会。同时,通过中学生的诗歌,更好地了解他们的心灵,更好地服务西部。

三行诗言短而情长,三行情不尽。每一首三行

101

后 记

曹志政◎摄

诗背后,都有一个令人动容的故事。比如这一首题为"母亲"的三行诗:"花落无言/宛若你发间的银丝/如为我助梦的哈达。"

研究生支教团的老师问这位中学生为什么写这首诗,她写了这样一段话作为回答:"……随着时间的流逝,我渐渐长大了,而您额头的皱纹也增多了。这几年来的劳累和操心把您变得这么憔悴……我很怕,很怕有一天您会突然离我而去。妈妈,您知道吗?无论如何我是不能接受这残酷的现实的。不,我不能这样想。妈妈一定会长命百岁的,只要

洪浩南◎设计

您身体健康,我就别无所求了。这些就是我写下这首三行诗的全部理由。妈妈,祝您身体健康,长命百岁。"

本次活动共收到三行诗916份,中学生在这些三行诗里,抒发了许多的爱和思念。那些平日里顽皮的孩子,原来心里装着父母苍白的头发、皲裂的皮肤、佝偻的腰背;品学兼优但家庭经济条件并不那么好的孩子,也希望自己的背上能长出翅膀,翻过大山大海,飞扬青春梦想……

三行诗征集活动是表达情感的良好的平台,写诗的人一边诉说着内心的爱,一边感恩;读诗的人接收到了这份爱,也被唤醒了内心的诗意和爱的回忆。这诉说爱与接收爱之间,是情感的共鸣,是爱的互动。

二、飞扬青春梦想,诗写家国情怀

2019年1月,我于寒假回广州过年,其间回到资讯管理学院和学院老师分享支教感悟,学院副书记李庆双老师当即提议让我把三行诗活动带到支教服务地西藏和云南:"设想一下,告诉孩子们可以参加大学发起的征文活动,自己的作品将会印刷在大学的哥哥姐姐设计的明信片上,他们会多开心、多骄傲啊!"

于是,2019年3月起,研究生支教团便在支教服务地筹备三行诗征集活动的相关事宜,并在支教服务学校,多次向中学生介绍中山大学,已有不少中学生把考入中山大学当作自己的奋斗目标。而本次征集活动,给予他们一个和中山大学、和梦想、和外面的世界接触的机会。

在活动初期,研究生支教团先向中学生讲述

洪浩南◎设计

五四运动,强调"五四"精神,并详尽地解释三行诗征集主题"飞扬青春梦想,抒发家国情怀"的含义,引导中学生将自己的梦想融入民族复兴的伟大理想中。

支教服务地的孩子们对祖国的拳拳热爱之情令人动容。比如这首《爱国》:"雪花爱土地,从三千米高空跃下/我要腾飞三千米/因为我爱你——祖国。"这位中学生和研究生支教团老师分享自己作诗的初衷:"祖国,无论经过多少次的风吹雨打,都依然那样的美丽、壮观。那天下着雪,风是那么的疯狂,天地间白茫茫一片,但风雪停后,景色又是那么美丽。在那一刻,我想起了祖国,它用自己的臂膀给予了我幸福的生活,用后背来帮我抵挡风雪。站在雪中,我只想大声说一句:祖国,我爱你。"

三行诗征集活动给予了中学生接近大学、接触外面世界的机会,同时也唤醒了中学生心中对社会、对国家、对家人、对身边种种的爱,在他们之间生动地开展了一节爱国主义教育课。

三、以文育人,校园文化之树根深叶茂

2015年11月27日,习近平总书记在中央扶贫开发工作会议上指出:"扶贫既要富口袋,也要富脑袋。要坚持以促进人的全面发展的理念指导扶贫开发,丰富贫困地区文化活动,加强贫困地区社会建设,提升贫困群众教育、文化、健康水平和综合素质,振奋贫困地区和贫困群众精神风貌。"

中山大学研究生支教团不仅要在捐资助学上发挥作用,更应扎根农村,投入支教服务地的文化建设中,尽己所能地丰富当地文化活动,提高当地群众的精气神。

研究生支教团希望通过开展三行诗征集活动，给西部这片土地带来一些精神和文化的养分。

为了进一步增强三行诗征集活动的文化作用，活动还衍生了很多文化产品、文化活动。例如，把支教服务地中学生的三行诗优秀作品印刷在中山大学学生设计的明信片上，把三行诗优秀作品选编成文集，开展三行诗优秀作品朗诵会，把支教服务地师生、群众的三行诗优秀作品印刷在木牌上，等等。又如，研究生支教团把印刷着三行诗优秀作品的木牌挂在支教服务地学校的树木上，建设校园"三行诗林"，为学校增添独特的文化景观。尽管三行诗征集活动已经结束，但是三行诗会随着木牌一直挂在校园的树上，其所传达的爱国情怀、青春梦想等情感驻扎在了这片土地上，校园文化之树根深叶茂。

研究生支教团在支教服务地开展活动的同时，中山大学在校内开展了明信片封面设计评选活动。中大学子通过参与明信片封面设计，表达自己对边远地区教育现状的关注，为边远地区送去关心和温暖，并借此机会提高自身的社会责任感，抒发家国情怀。